AF494033

107 Chambre des Commissaires-Priseurs
Envoi à la Bibliothèque Nationale

1894 - Décembre - 14

VENTE

MARTIAL-POTÉMONT

Peintre-Graveur

EXPOSITION PUBLIQUE

Le Jeudi 13 Décembre

VENTE

Le Vendredi 14 Décembre

—

1894

IMPRIMERIE MAULDE ET RENOU

A. MAULDE & Cie

IMPRIMEURS DE LA COMPAGNIE DES COMMISSAIRES-PRISEURS

Rue de Rivoli, 144. — Paris

ŒUVRES

DE

MARTIAL-POTÉMONT

PEINTRE-GRAVEUR

IMPRIMERIE A. MAULDE ET Cie

144, RUE DE RIVOLI. — PARIS

CATALOGUE

DES

ŒUVRES DE MARTIAL-POTÉMONT

PLANCHES DE CUIVRES

Gravées à l'eau-forte avec les tirages

PLANCHES DE CUIVRES GRAVÉES

NON ÉDITÉES

TIRAGES EN NOMBRE

Vues de Paris, Paysages, Recueils sur les Beaux-Arts

Sujets de genre, LES CANCALAISES

LIVRES ILLUSTRÉS

Les Contes de La Fontaine, d'après FRAGONARD

PLANCHES GRAVÉES A L'EAU-FORTE

Pour compléter les Contes de La Fontaine

DONT LA VENTE AUX ENCHÈRES PUBLIQUES AURA LIEU

HOTEL DES COMMISSAIRES-PRISEURS

RUE DROUOT, N° 9, SALLE N° 8

Le Vendredi 14 Décembre 1894

A DEUX HEURES

Par le ministère de Me **Maurice DELESTRE**, Commissaire-Priseur,
rue Drouot, 27

Et de **M. L. DUMONT**, Marchand d'Estampes, rue Laffitte, 27.

EXPOSITION PUBLIQUE

Le Jeudi 13 Décembre 1894, de 2 heures 1/2 à 5 heures

PARIS — 1894

CONDITIONS DE LA VENTE

Elle sera faite au comptant.

Les Acquéreurs paieront CINQ POUR CENT en sus des enchères, applicables aux frais.

Messieurs les Amateurs pourront visiter, à partir du 3 décembre, chez M. L. DUMONT, rue Laffitte, 27, une collection d'Épreuves des Gravures et les Exemplaires des Recueils figurant sur ce catalogue.

M. L. DUMONT se tient à la disposition de MM. les Amateurs pour fournir tous renseignements et se charge des commissions des personnes qui ne pourront assister à la vente.

Les Lots pourront être divisés.

A. MAULDE et Cie, imprimeurs de la Compagnie des Commissaires-Priseurs, rue de Rivoli, 144 500—46585

ŒUVRES

DE

MARTIAL-POTÉMONT

PLANCHES GRAVÉES

AVEC LES TIRAGES

1 — **Salon de Peinture de 1866,** à Paris.

21 PLANCHES GRAVÉES.

2 exemplaires sur Chine.

2 — **Paris en 1867** (Exposition universelle).

12 PLANCHES GRAVÉES comprenant chacune 4 sujets.

1 exemplaire sur Japon.

1 exemplaire sur Chine.

2 exemplaires sur Hollande.

3 — **Salon de Peinture de 1868,** à Paris.

8 PLANCHES GRAVÉES.

Épreuves d'essai.

4 — **Annuaire des Beaux-Arts**, 1875.

33 PLANCHES GRAVÉES.

2 exemplaires sur Chine.
3 exemplaires sur papier gris.
11 exemplaires sur Hollande.

5 — **Annuaire des Beaux-Arts,** 1876.

32 PLANCHES GRAVÉES.

3 exemplaires sur Chine.
14 exemplaires sur Hollande.

6 — **L'Exposition universelle de 1878**.

48 PLANCHES GRAVÉES.

6 exemplaires sur Japon.
15 exemplaires sur Chine.
4 exemplaires sur Hollande.

7 — **Les Boulevards de Paris**, 1878.

45 PLANCHES GRAVÉES.

2 exemplaires sur Japon.
13 exemplaires sur Hollande.
4 exemplaires incomplets.

8 — **Paris intime.**

31 PLANCHES GRAVÉES.

14 exemplaires sur Chine.
6 exemplaires sur Hollande.

9 — **Paris pendant le siège.**

12 PLANCHES GRAVÉES.

2 exemplaires sur Japon.
5 exemplaires sur Hollande.

10 — **Paris sous la Commune.**

12 PLANCHES GRAVÉES.

4 exemplaires sur Japon.
11 exemplaires sur Hollande.

11 — **Paris incendié.**

12 PLANCHES GRAVÉES.

3 exemplaires sur Japon.
2 exemplaires sur Hollande

12 — **Les Femmes de Paris pendant le siège.**

12 PLANCHES GRAVÉES.

2 exemplaires sur Japon.
1 exemplaire sur Chine.
1 exemplaire sur Hollande.

13 — **Les Marins pendant le siège.**

16 PLANCHES GRAVÉES.

1 exemplaire sur Japon.
1 exemplaire sur Chine.
1 exemplaire sur Hollande.

14 — **Traité de la gravure à l'eau-forte.**

12 PLANCHES GRAVÉES.

36 épreuves.

380 textes et le droit de reproduction

15 — **Lettre illustrée sur la gravure.**

5 PLANCHES GRAVÉES.

48 exemplaires sur Hollande.

16 — **Notes et Dessins d'un japonais sur Paris** pendant l'Exposition de 1878.

3 PLANCHES GRAVÉES comprenant 18 sujets.

2 exemplaires sur Japon.

17 — **Lettres d'Alsace. — Lettres de Lorraine.**

2 PLANCHES GRAVÉES.

4 épreuves sur Japon.

8 épreuves sur Hollande.

18 — **La Question du nouvel an.**

8 PLANCHES GRAVÉES.

1 exemplaire sur Japon.

6 exemplaires sur Hollande.

19 — **En 1795** (La Merveilleuse), d'après J. GOUPIL.

PLANCHE GRAVÉE.

8 épreuves sur Japon et Chine.

26 épreuves sur Hollande.

20 — **Jeune Fille devant un magasin**, d'après Feyen-Perrin.

PLANCHE GRAVÉE.

13 épreuves sur Japon.

PLANCHES GRAVÉES
NON ÉDITÉES

21 — Portrait de **Mademoiselle Dodu**, en pied.

PLANCHE GRAVÉE.

21 épreuves sur Chine et Hollande.

22 — **La Femme au rideau**.

PLANCHE GRAVÉE.

Épreuve d'essai.

23 — **La Charmeuse**.

PLANCHE GRAVÉE.

6 épreuves sur Japon.
6 épreuves sur Chine et Hollande.

24 — **La Demoiselle**.

PLANCHE GRAVÉE.

8 épreuves sur Japon.
2 épreuves sur Hollande.

25 — **Hamadryade.**

PLANCHE GRAVÉE.

Épreuve d'essai.

26 — **Petite Fille au bonnet.**

PLANCHE GRAVÉE.

Épreuve d'essai.

27 — **Tête d'Enfant Louis XIII.**

PLANCHE GRAVÉE.

Épreuve d'essai.

28 — **Sous Bois** (Retour du Marché).

PLANCHE GRAVÉE.

4 épreuves sur Japon.

29 — **Sous Bois** (Fontainebleau).

PLANCHE GRAVÉE.

Épreuve d'essai.

30 — **Les Fiancés.**

PLANCHE GRAVÉE.

Épreuve d'essai.

31 — **La Jeune Mère.**

PLANCHE GRAVÉE.

Épreuve d'essai.

NOTA. — *Voir le n° 85.* — PLANCHES GRAVÉES *pour* **les Contes de La Fontaine.**

TIRAGES EN NOMBRE

VUES DE PARIS

Recueils sur les Beaux-Arts, Paysages
Sujets de genre

32 — **Ancien Paris.** — Ouvrage complet comprenant trois cents eaux-fortes.

Exemplaire en feuilles sur Chine.

33 — Le même exemplaire sur Chine.

34 — Le même exemplaire sur Hollande.

35 — **La Rue de la Tonnellerie** (grande planche). Cuivre détruit.

48 épreuves avant la lettre.

56 épreuves avec la lettre.

Plus 1 épreuve de la planche rayée, signée par l'imprimeur Beillet.

36 — **Les Rues de Paris** (série de 6 grandes planches). Rue du Gindre. — Rue Lacépède. — Rue Sainte-Marthe. — Rue de Lourcine. — Rue Saint-Hyacinthe-Saint-Michel. — Rue Chartière.

5 exemplaires. Epreuves d'artiste sur Hollande.

37 — **Rue du Gindre.**

1 épreuve d'artiste sur Japon, signée.

9 épreuves d'artiste sur Hollande.

38 — **Rue Sainte-Marthe.**

1 épreuve d'artiste sur Japon. Signée.

0 épreuves d'artiste sur Hollande.

39 — **Rue de Lourcine.**

3 épreuves d'artiste sur Japon et Hollande.

40 — **Rue Chartière.**

3 épreuves d'artiste sur Japon et Hollande.

41 — **Les Cuisines de l'Hôtel-Dieu.**

1 épreuve d'artiste sur Japon.

4 épreuves d'artiste Chine et Hollande.

42 — **La Butte-des-Moulins.**

6 exemplaires sur Japon.

2 exemplaires sur Hollande.

43 — **Salon de Peinture de Paris**, 1865.

20 pièces (cuivres détruits).

2 exemplaires sur Chine.

44 — **Salon de Paris,** 1866.

20 pièces. Epreuves sur Chine.

45 — **Les Boulevards de Paris,** 1878.
Série de 20 pièces.
20 exemplaires sur Hollande.

46 — **Théâtre Saint-Marcel.** (Paris démoli.)
6 épreuves d'artiste.

47 — **Rivière de Bièvre.** (Ancien Paris.)
7 épreuves d'artiste.

48 — **Marché des Patriarches.**
7 épreuves d'artiste.

49 — **Théâtre du Vaudeville.**
49 épreuves d'artiste sur Chine et Hollande.
8 épreuves avec la lettre.

50 — **Marché aux Chevaux.** (Ancien Paris.)
10 épreuves d'artiste.

51 — **Le Bal Mabille.**
47 pièces. Epreuves d'artiste.

52 — **Boucherie parisienne.**
25 épreuves d'artiste sur Japon.
6 épreuves sur Chine et Hollande.

53 — **Paysage : Hêtres sous bois**
53 épreuves d'artiste sur Japon.
3 épreuves sur Hollande.

54 — **Paysage : Chênes sous bois.**

52 épreuves d'artiste sur Japon.

7 épreuves sur Chine et Hollande.

55 — **Mare sous bois.**

51 épreuves d'artiste sur Japon.

3 épreuves sur Hollande.

56 — **Paysage : Sous bois.**

30 épreuves d'artiste sur Japon.

57 — **Cours d'Eau en forêt.**

5 épreuves d'artiste sur Japon. Signées.

58 — **Les Bûcheronnes.**

6 épreuves d'artiste sur Japon et Hollande.

59 — **Forêt de Chênes.**

4 épreuves d'artiste sur Japon et Hollande.

60 — **Ruisseau en forêt.**

5 épreuves d'artiste sur Japon, Chine et Hollande.

61 — **Les jolies Femmes de Paris.** (Série de 20 pièces.)

3 exemplaires sur Chine.

61 épreuves diverses.

62 — **LES CANCALAISES,** d'après Feyen-Perrin. (Grande planche.)

80 épreuves d'artiste sur Japon avec remarque. Signées.

95 épreuves d'artiste sur Chine collé avec remarque. Signées.

63 — **Les Cancalaises,** d'après Feyen-Perrin. (Petite planche.)

41 épreuves d'artiste sur Japon.

64 — **Paysage,** d'après P. Potter.

4 épreuves d'artiste.

12 épreuves. (Tirage de la chalcographie.)

NOTA. — *Voir les nos* 84-86. — **Contes de La Fontaine** (*Edition* Rouquette). — *Les Fables de Florian* (*Edition* Rouquette).

GRAVURES

TIRÉES DE PUBLICATIONS DIVERSES

65 — **Courriers Martial.**

43 épreuves sur Hollande.

66 — **La Marchande d'Images.**

3 épreuves d'artiste. Rare.

67 — **Revue manuscrite** des Beaux-Arts.

3 pièces. Épreuves d'artiste.

68 — **Canal Saint-Martin.** — Rue Saint-Eloi. — Rue du Croissant. — Vaudeville. — Rue des Colonnes. — Mabille.

12 pièces. Épreuves d'artiste sur Japon et Hollande.

69 — **Source en forêt.** — Allégorie. — Paysage, etc.

10 pièces. Épreuves avant et avec la lettre.

70 — Statue de **M. Paillet**, à Soissons. Deux vignettes.

5 pièces. Épreuves d'artiste.

71 — **Un Canal à Venise**, d'après Canaletti.

Très belle épreuve d'artiste. Signée. Rare.

72 — **Un Citoyen de l'an V**, d'après J. Goupil.

Épreuve d'artiste sur Japon.

73 — **La Baratteuse**, d'après Millet.

4 épreuves d'artiste sur Hollande.

74 — **La Fin de la journée**, d'après J. Breton.

Très belle épreuve sur Chine. Rare.

75 — **La Glaneuse,** d'après J. Breton.

Très belle épreuve d'artiste. Rare.

76 — D'après **Chintreuil**. — Portrait de l'Artiste et Paysages.

6 pièces. Épreuves d'artiste. Signées.

77 — **Eaux-Fortes** d'après les maîtres anciens et modernes (Cat. Wilson).

9 pièces. Épreuves d'artiste.

78 — **Paysages** d'après Rousseau, Corot. Sujets d'après Diaz, Delacroix, Jundt, Ribot.

14 pièces. Épreuves d'artiste.

79 — **Eaux-Fortes** d'après les tableaux de Ruysdael, Piéter, de Hoog.

6 pièces. Épreuves d'artiste. Signées.

LIVRES ILLUSTRÉS

80 — **Les Boulevards de Paris**. — Texte et eaux-fortes, par X. Aubryet, de Saulnat et A.-P. Martial. *Paris*, 1878.

29 exemplaires brochés.

81 — **Les jolies Femmes de Paris**, par Charles Diguet, avec 20 eaux-fortes par Martial. — *Paris*, *A. Lacroix*, 1870.

2 exemplaires grand format.

24 exemplaires brochés.

82 — **Gustave Courbet.** — Notes et documents sur sa vie et son œuvre, par le comte H. d'Ideville, avec huit eaux-fortes par A.-P. Martial et un dessin par Ed. Manet. — *Librairie Parisienne*, 1878.

20 exemplaires brochés.

9 exemplaires brochés, sans les eaux-fortes.

83 — **La Vie et l'Œuvre de Chintreuil**, par A. DE LA FIZELIÈRE, CHAMPFLEURY, F. HENRIET. Quarante eaux-fortes par MARTIAL, BEAUVERIE, LALAUZE, P. ROUX, etc. — *Paris, Cadart*, 1874.

2 exemplaires brochés.

VIGNETTES

84 — **LES CONTES DE LA FONTAINE** (Édition Rouquette).

Série complète de 60 eaux-fortes gravées d'après les dessins de H. FRAGONARD.

1 exemplaire eaux-fortes pures, sur Japon, tirage en noir.

1 exemplaire eaux-fortes terminées, sur Japon, tirage en noir.

1 exemplaire eaux-fortes pures, sur Japon, tirage en bistre.

1 exemplaire eaux-fortes terminées, sur Japon, tirage en bistre.

1 exemplaire eaux-fortes terminées, sur Japon, tirage en noir.

NOTA. — *Les cinq exemplaires ci-dessus ont été réservés exclusivement à l'artiste.*

1 exemplaire eaux-fortes pures, sur Hollande, tirage en noir.

1 exemplaire eaux-fortes terminées, sur Hollande, tirage en noir.

1 exemplaire eaux-fortes pures, sur Hollande, tirage en bistre.

1 exemplaire eaux-fortes terminées, sur Hollande, tirage en bistre.

3 exemplaires eaux-fortes pures et terminées, sur Hollande, en noir et en bistre.

Défets. — 1 exemplaire sur Hollande, incomplet, 34 pièces,

85 épreuves sur Hollande.

13 épreuves d'états très intéressants, sur Japon.

85 — **LES CONTES DE LA FONTAINE.**

Suite de 14 sujets composés et gravés pour compléter la série des 60 dessins de Fragonard, de l'édition Rouquette.

14 planches gravées.

37 exemplaires eaux-fortes pures, numérotées entre 1 et 50 ; tirage en noir.

32 exemplaires eaux-fortes terminées, numérotées entre 51 et 100 ; tirage en bistre.

81 exemplaires eaux-fortes terminées, numérotés entre 101 et 200 ; tirage en noir.

12 exemplaires sur Japon (petit format).

5 exemplaires sur Japon (grand format).

21 exemplaires sur Hollande (grand format).

Défets. — 82 pièces sur Japon et sur Hollande.

86 — **Fables de Florian**. Eaux-fortes d'après les dessins de J.-M. Moreau. Suite de 10 eaux-fortes et 1 portrait.

7 exemplaires avec les figures en double état.

18 exemplaires sur Hollande.

Défets. — 20 pièces.

www.ingramcontent.com/pod-product-compliance
Ingram Content Group UK Ltd.
Pitfield, Milton Keynes, MK11 3LW, UK
UKHW020539180726
13839UKWH00006B/2610

9 782329 470504